© 1989, l'école des loisirs, Paris
Loi numéro 49 956 du 16 juillet 1949 sur les publications
Destinées à la jeunesse : novembre 1990
Dépôt légal : février 2004
Imprimé en France par Mame à Tours

Grégoire Solotareff

Loulou

l'école des loisirs
11, rue de Sèvres, Paris 6ᵉ

IL ÉTAIT UNE FOIS un lapin qui n'avait jamais
vu de loup...

... et un jeune loup qui n'avait jamais vu de lapin. Son oncle décida de l'emmener à la chasse pour la première fois de sa vie.

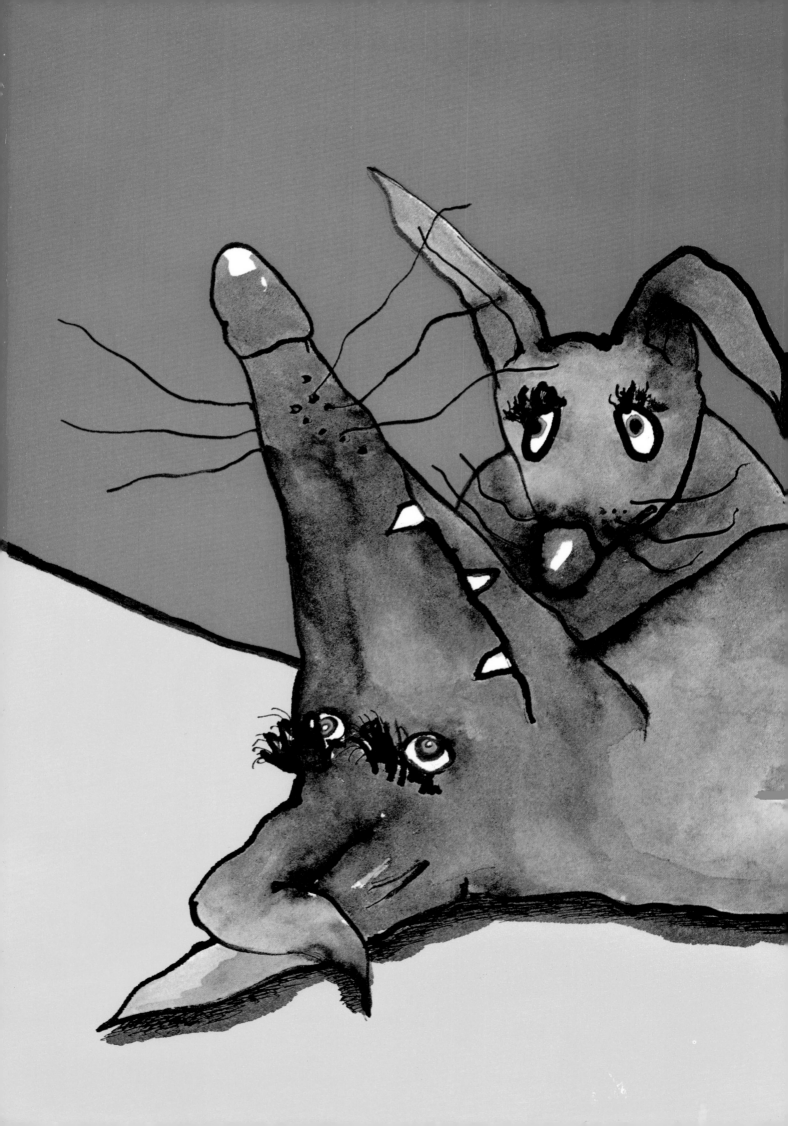

Ce jour-là, le vieux loup
était si pressé qu'il se cogna
contre un rocher et tomba raide mort.
C'est ainsi que le jeune loup
se trouva seul...
Alors qu'il se demandait ce qu'il allait devenir,
il entendit un bruit qui provenait d'un trou
creusé dans la terre non loin de là.

En s'approchant du trou et en y faisant entrer sa tête, le loup vit un petit animal couché dans un lit en train de lire un livre.

«Eh! Toi!» fit le loup. «Peux-tu m'aider? Mon oncle a eu un accident. Il est mort... Je ne sais pas quoi faire...»

«Eh bien, s'il est mort», fit le petit animal, «c'est simple: il faut l'enterrer. Je vais t'aider!» Et il se leva.

Ils allèrent enterrer le vieux loup dans la montagne.
«Serais-tu par hasard un lapin?» demanda le loup.
«Oui. Mon nom est Tom», répondit le lapin. «Et
toi, es-tu un loup?»
«Oui», dit le loup. «Mais je n'ai pas de nom.»

«Ah!» fit le lapin, «ça ne m'étonne pas! Que
dirais-tu si je t'appelais Loulou?»

«Cela me va très bien», dit le loup.

«Est-ce vrai que les loups mangent les lapins?»
demanda Tom.

«Il paraît», dit Loulou. «Mais moi je n'en ai pas
encore mangé.»

«En tout cas», fit Tom, «moi, je n'ai pas peur de toi.»

Tom et Loulou devinrent de vrais amis. Ils passè-
rent des mois et des mois ensemble. Loulou grandit.
Tom lui apprit à jouer aux billes, à lire, à compter
et à pêcher pour se nourrir.

Loulou apprit à Tom
à courir très, très vite,
bien plus vite que les autres
lapins.

Loulou apprit également à Tom la peur.
Tantôt ils jouaient à *PEUR-DU-LOUP*, tantôt ils jouaient à *PEUR-DU-LAPIN*.
Mais, alors que Loulou n'avait jamais peur lorsqu'ils jouaient à *PEUR-DU-LAPIN*, Tom avait toujours très peur lorsqu'ils jouaient à *PEUR-DU-LOUP*.
Un jour, Loulou effraya tellement Tom que celui-ci se précipita dans son terrier et décida de ne plus en sortir.

Le lendemain, Tom passa la journée entière à pleurer sur son lit. Loulou avait beau lui jurer que jamais il ne le mangerait, que c'était son seul ami...
Non, Tom ne voulait rien entendre: il resta dans son trou.

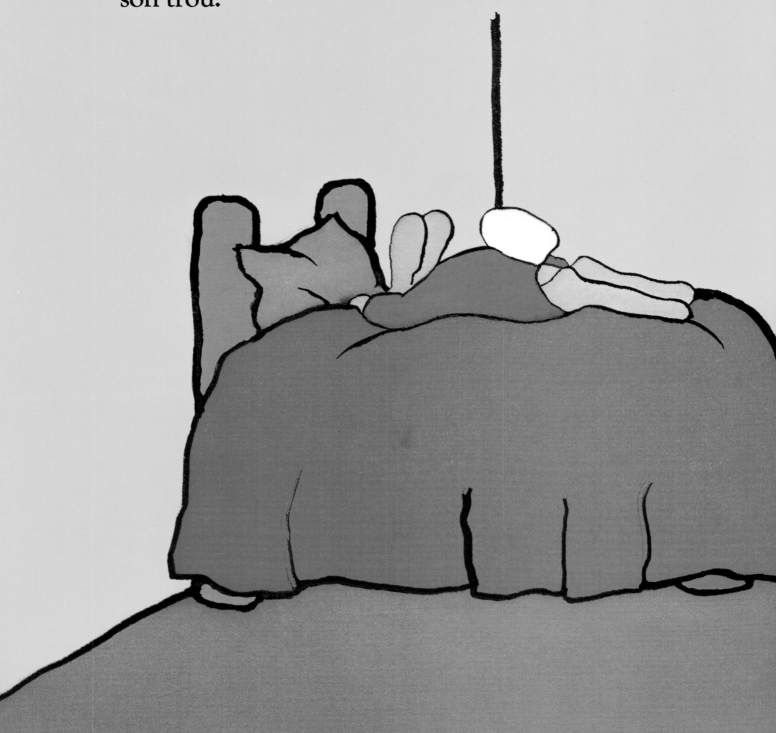

La nuit venue, Tom rêva que Loulou était énorme,
noir et rouge et qu'il le mangeait.

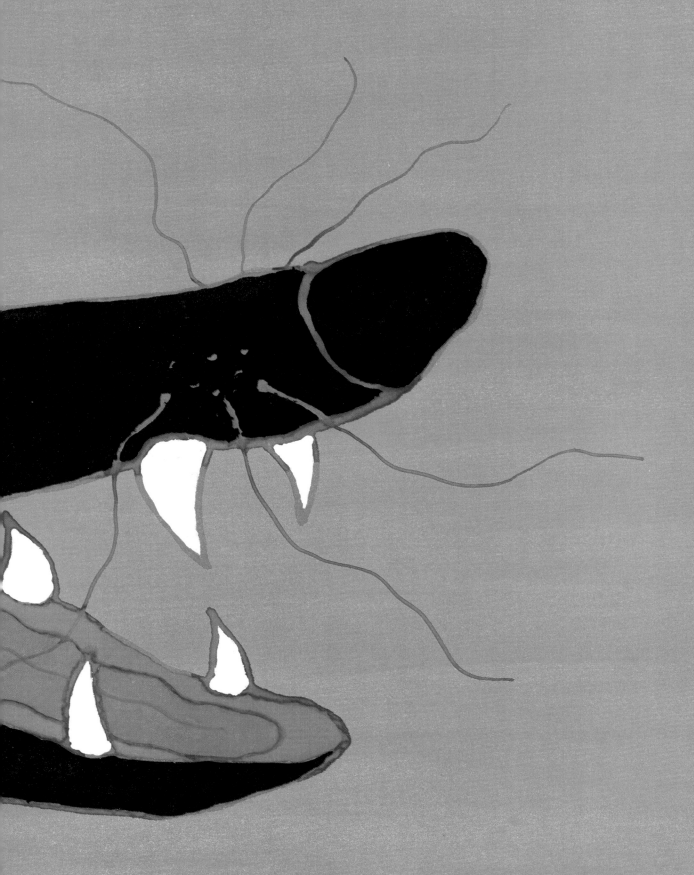

Loulou crut que son amitié avec Tom était finie pour de bon.
Après quelques jours d'attente devant le terrier de Tom, il prit son baluchon et s'en alla tristement dans une montagne où peut-être il trouverait un autre ami lapin.

Mais là-bas, dans la montagne des loups, il n'y avait
plus un seul lapin.
Loulou se fit même attaquer par des loups qui
crurent, de loin, qu'il était un lapin.
Cette nuit-là, Loulou connut la *PEUR-DU-LOUP*.

Après une terrible poursuite avec les loups où il
faillit mourir de peur, Loulou revint voir Tom.
«Tom», lui dit-il, «j'ai compris ce qu'est la vraie
PEUR-DU-LOUP. Je ne recommencerai plus jamais
à te faire peur. Je te le promets!
Sors de ton trou, Tom, s'il te plaît!»

Tom réfléchit. Il se dit: «S'il a eu vraiment peur, aussi peur que moi, je sais qu'il ne recommencera pas.»
Il sortit de son terrier et ils se jetèrent dans les bras l'un de l'autre.
Puis ils allèrent ensemble à la pêche, comme avant.